Filomena y la Maestra

Libro Cuatro de la Serie "Las Aventuras de Filomena"

Fernando M. Reimers

Agradezco los útiles comentarios y sugerencias a un borrador de este cuento que me ofrecieron María José Arias, Zohal Atif, Maqui Camejo, María Paz Ferrero, Sofía y Tomás Marcilese, Ishita Ghai, Erin Hayba, Ken Ho, Nell O'Donnell Weber y Andria Zafirakou.

Este libro está dedicado a todos los maestros que ayudan a niños refugiados y desplazados a sentirse incluidos y a adquirir las habilidades para contribuir a hacer un mundo mejor.

Mi nombre es Filomena. Soy una periquita de doce años que vive en un pequeño pueblo cerca de la ciudad de Boston. Eleonora y Fernando, con quienes vivo, son profesores de educación en universidades cerca de nuestra casa. A medida que comienza el otoño cada año, Eleonora y Fernando se preparan para enseñar a un nuevo grupo de estudiantes. Una vez que comienza el año académico, salen juntos de casa por la mañana para ir a trabajar y dejan mi jaula en la mesa de la cocina. Escucho música durante el día. También oigo a los niños de nuestro barrio pasar frente a nuestra casa cuando van y regresan de la escuela. Al final del día espero con entusiasmo a que Eleonora y Fernando regresen a casa del trabajo. Mientras preparan la cena en la cocina los escucho hablar y así me entero de que hicieron durante el día.

Hoy los escucho hablando mientras suben las escaleras que llevan a la puerta de la cocina. Escucho las llaves de Fernando tintinear mientras el abre la puerta de la cocina, al entrar me dice: "Hola Filomena, ¿Qué tal fue tu día? ¿Nos extrañaste? No vas a creer a quien conocí hoy."

"¿A quién conociste, Fernando?" le contesto, mientras veo a Eleonora entrar a casa y cerrar la puerta de la cocina. Fernando entiende mis piidos y yo entiendo cuando el me habla, pues hace muchos años que nos conocemos. A veces Fernando me habla en inglés y otras veces lo hace en español.

"Hoy conocí a una maestra maravillosa, Filomena. Su nombre es Andria Zafirakou. Ella enseña en la Escuela Comunitaria de Alperton en el noroeste de Londres y acaba de recibir un premio celebrando lo buena que es enseñando . La habíamos invitado a dar una conferencia en mi universidad y tuve ocasión de conversar con ella."

"Que interesante." Contesto con un piido "¿Y qué hace que Andria sea una maestra tan buena?"

"Andria es una maestra de arte que enseña en una escuela comunitaria en Londres. Muchos de sus estudiantes y sus familias se mudaron a Londres en busca de un lugar seguro para vivir. Andria enseña a estos estudiantes a pintar. Sus estudiantes crean las más bellas pinturas. Le pregunté a Andrea cuales eran sus deseos como maestra. Su respuesta me conmovió. Me dijo que quiere que sus alumnos sepan que realmente se preocupa por ellos, que quieren que se sientan realmente felices en la escuela y que pinten hermosos cuadros para que otros niños en la escuela vean lo maravillosos que son estos estudiantes."

"¿Y por qué estos niños se fueron de los países en los que nacieron?" Le pregunto a Fernando.

"Ellos y sus familias tuvieron que mudarse porque no era seguro para ellos quedarse en sus países. Hay muchas razones por las que las personas emigran. Algunos se fueron porque sus países estaban en guerra, otros porque los gobiernos no estaban tratando a las personas justamente, o porque había luchas y violencia en sus países. Las personas se van cuando piensan que sus vidas están en peligro" me contesta Fernando.

"Andria suena como una maestra dedicada que quiere a sus estudiantes. Me gustaría conocerla algún día."

"Pues pronto tendrás la oportunidad de conocerla Filomena. Le dije a Andria que me gustaría hablar con algunos de sus estudiantes. Vamos a tener una video conferencia la próxima semana. Puedo hacer esta conferencia desde mi ordenador en casa, y así podremos tu y yo conversar con Andria y con algunos de sus estudiantes. ¿Qué te parece?"

"Me parece genial, Fernando. ¡Casi no puedo esperar que llegue la próxima semana de la emoción!" contesto con mucha alegría.

Estuve muy emocionada durante toda la semana. Pensé en Andria todos los días, esperando que llegara la hora de conocerla. Los minutos se me hicieron horas, las horas días, el fin de semana se me hizo una eternidad.

Finalmente, llego el día. Fernando vino a la sala de la casa, donde duermo, quito la manta que cubre de mi jaula, y llevo mi jaula a la mesa de la cocina. Mientras me llevaba a la cocina me dijo:

"Buenos días, Filomena. ¿Sabes qué día es hoy?"

"He estado contando los segundos, Fernando. Hoy es el día en que hablaremos con Andria y con sus estudiantes en Londres."

"Así es, Filomena. Los llamaremos justo después de desayunar y antes de que yo me vaya a la Universidad a trabajar. En Londres están cinco horas más adelante que en Boston, de manera que será justo la hora del almuerzo cuando llamemos a Andria. Ella estará esperando nuestra llamada en su computadora con algunos de sus estudiantes para hablar con nosotros."

Después del desayuno, Fernando mueve mi jaula de un extremo de la mesa de la cocina y la lleva al otro extremo, del lado donde él se sienta normalmente. Abre su computadora portátil y se conecta a la Internet. El Internet nos permite que  nuestra computadora se conecte con la de Andria en Londres. Las computadoras tienen una cámara y un micrófono y así podremos ver a Andria y a sus estudiantes y ellos también podrán vernos y escucharnos a través de su computadora. Fernando oprime unas teclas y veo una ventana abrirse en la pantalla. En una pequeña esquina de la pantalla veo la imagen de Fernando y de mi jaula. Me veo a mi misma! En una ventana más grande, llenando la mayoría de la pantalla de la computadora, veo la cara de una mujer y de tres jóvenes. Me imagino que son Andria y sus estudiantes."

"Buenos días, Andria. Estoy aquí en la mesa de mi cocina con Filomena, mi periquita. Te hablé de ella cuando nos conocimos la semana pasada en Boston." Dice Fernando. "Tengo muchas ganas de conocer a algunos de tus estudiantes".

"Buenos días, Fernando, y buenos días Filomena. Es un placer conocerte." Dice Andria en un acento que nunca he escuchado antes. "Estoy aquí con mis estudiantes: Massa, Víctor, y Zohal. Todos ellos leyeron el libro 'La historia de Filomena', en el que Fernando escribió sobre ti, y han estado esperando ansiosamente este día para conocerte."

"Yo también he estado esperando este día para encontrarme con ustedes, Andria." Le contesto, sin estar segura de que ella o sus estudiantes pueden entender mis piidos, ya que tengo un acento americano.

"Hola, Filomena." dice Zohal. "Es un placer conocerte. Creo que es muy bueno que tengas una familia. Donde yo nací, en Afganistán, también tenemos mascotas. Pero no tenemos periquitos en nuestras casas. Aunque si tenemos otro tipo de aves."

"Hola, Zohal, que gusto conocerte." dice Fernando. "¿Cuándo te mudaste de Afganistán a Inglaterra? ¿Y qué te parece la clase de artes de la Profesora Zafirakou?"

"Hola Profesor. Mi familia y yo salimos de Afganistán hace varios años. Cuando llegamos a Inglaterra, yo no hablaba nada de inglés. Quería hacer amigos, pero no tenía manera de hablarles. Podía hablar Pashto muy bien con mi familia, pero solo unos pocos estudiantes en esta escuela hablan Pashto. Cuando empecé a aprender inglés, tampoco hablaba mucho, porque me avergonzaba no poder hablar tan bien como la mayoría de los otros estudiantes. Así que al comienzo de mi llegada a esta escuela pasaba mucho tiempo sola. Cuando me inscribí en la clase de la Profesora Zafirakou el año pasado, y ella me saludó en pashto me sentí muy feliz. Pronto me di cuenta de que ella realmente no hablaba mucho Pashto, pero me di cuenta de que ella había tratado de aprender algunas palabras en los muchos idiomas que se hablan en las casas de los estudiantes en mi escuela."

"Andria, no sabía que habías aprendido a hablar varios idiomas. Eso me impresiona." Dice Fernando.

"Bueno, me gusta mucho conocer a mis estudiantes y a sus familias y para ello tengo que hacer un esfuerzo para hablarles en un idioma que ellos conozcan bien, el lenguaje que hablan en casa, las palabras del cariño y en las que expresan sus sentimientos, aunque solo pueda decir algunas palabras. A mis alumnos les encanta saber que me esfuerzo por aprender idiomas nuevos, y se ríen cuando cometo errores al hablar su idioma. Esto les ayuda a ver que yo también estoy aprendiendo, al igual que ellos. Les encanta ver que ellos pueden ensenarme a mí."

"Qué bueno. A ver, déjame conocer a otra de tus alumnas." Dice Fernando "Cuéntame Massa, ¿Qué tal es ser estudiante de la Profesora Zafirakou?"

"Es muy especial, señor. Cuando estoy en su clase, sé que no soy solo una estudiante de artes. Soy Massa, con todos mis intereses, con todo lo que soy, con todo lo que se y con todo lo que siento. Sé que la Profesora Zafirakou se preocupa por mí, sobre mi vida. Quiere que sea feliz. Quiere ayudarme a aprender. Ella es como una hermana mayor para mí ".

"Caramba, eso es maravilloso, Massa. ¿Y por qué es tan especial sentirse así en la clase de la Profesora Zafirakou? ¿Tus otros maestros no son así?" Pregunta Fernando.

"No, señor, generalmente no. Comencé a asistir a la escuela en Siria, donde nací. Cuando solo tenía siete años, mis padres me llevaron a mí y a mis hermanos en un viaje largo porque la guerra en mi país había hecho la vida muy difícil y peligrosa para nosotros. Nos mudamos a un campamento con muchos otros refugiados en Jordania. Allí viví durante siete años, hasta que fuimos recibidos como refugiados en el Reino Unido. Cuando llegué a la clase de la Profesora Zafirakou me di cuenta de que ella comenzaba todas las clases con una conversación con todo el grupo para saber cómo estábamos. Nos sentábamos en círculo y cada uno explicaba cómo estaba. Ella nos preguntaba cómo iban las cosas en nuestras vidas. Tenemos esta conversación todos los días. No nos toma mucho tiempo. Pero nos demuestra que ella está realmente interesada en nosotros y que nos escucha. A veces compartimos cosas que están sucediendo en nuestras vidas que nos hacen sentir tristes o confundidos. A veces la vida puede ser difícil cuando tienes que irte de tu país de origen. Ser refugiados es difícil no solo para nosotros, sino también para nuestros padres. Por eso es muy reconfortante saber que tenemos un lugar seguro en la escuela para compartir y una maestra que de verdad se interesa por nosotros. Esto me da mucho ánimo para esforzarme en esta clase y en la escuela. Quiero que la Profesora Zafirakou esté muy orgullosa de mí. ¿Puedo mostrarle uno de los cuadros que hice en su clase?"

"Por favor, Massa. Me encantaría ver tu pintura." Le contesto mientras agito mis alas. No estoy segura de que Massa entienda mis piidos, parece sorprendida. Massa abre una carpeta grande y pone un dibujo delante de la cámara. Es una hermosa pintura de una puesta de sol, que llena ahora la pantalla de nuestra computadora.

"Massa, que puesta de sol más linda!" Dice Fernando. "Nunca he visto una puesta de sol tan bonita como esa."

"Muchas gracias, profesor. Así es como recuerdo las puestas de sol en Siria, cuando yo era niña. Era el cielo más hermoso del mundo. Lo pinté porque quería darles a mis compañeros de clase y a mis maestros, que han sido muy buenos conmigo, un poco de Siria. Quería que ellos pudieran sentir la misma alegría que yo sentía al ver esos cielos. Me he esforzado mucho para pintar este cuadro. Esta pintura me ayuda a conectarme con mis compañeros de una manera que las palabras no pueden expresar."

"Víctor, ¿y tú? ¿Qué puedes decirnos de la clase de la Profesora Zafirakou?" Le pregunta Fernando al tercer estudiante que nos mira sentado frente a la computadora en Londres y que ha estado en silencio durante toda la conversación.

"Todo lo que puedo decir es que en esta clase me siento como en familia. A veces pienso en mi infancia en Venezuela, el país de dónde vengo y que extraño. Sé que no podemos volver porque el gobierno volvería a encarcelar a mi padre. Él ya estuvo en la cárcel por mucho tiempo porque estuvo en unas manifestaciones para pedir que las personas pudieran votar libremente en las elecciones. Pero extraño a la familia que todavía tengo allí. Echo de menos a mis amigos. Pero en la clase de la Profesora Zafirakou me siento integrado. Se que ella y los demás estudiantes me conocen y se preocupan por mí. En esta clase no me siento invisible."

"Entiendo lo que dices, Víctor" dice Fernando. "Yo también nací en Venezuela, y sé que muchas personas como tú y como tu familia han tenido que salir del país porque ya no era seguro para ellos permanecer allí."

Víctor continua: "Recuerdo el día que la Profesora Zafirakou vino a nuestro apartamento para conocer a mis padres. Ella hace estas visitas a la casa de todos los estudiantes. Mis padres se sorprendieron de que una maestra viniera a nuestra casa. Nunca antes una maestra había venido a nuestra casa. Esa visita hizo que mis padres apreciaran mucho a la Profesora Zafirakou y a mi escuela. Ahora todo el tiempo me preguntan por la clase de la Profesora Zafirakou, y saben que ella también se preocupa por mí."

"Andria, tienes muy buenos estudiantes." Dice Fernando. "Todos hablan de lo mucho que han aprendido de ti. ¿Qué has aprendido tú de ellos?" "He aprendido mucho de ellos, Fernando. Especialmente, cuánta esperanza tienen ellos y sus familias en que la

vida puede ser mejor. Todos están muy agradecidos por las cosas más simples que hacen la vida todos los días. Ellos aprecian tener la compañía y el cariño de su familia, comida para vivir, y las personas que los han acogido en un país que es nuevo para ellos. Aprender a vivir en otro país a veces puede ser desafiante, pero mis alumnos son muy decididos saben que si estudian y trabajan duro pueden mejorar sus vidas y ayudar a sus familias. Mis alumnos me hacen sentir especial, que mi trabajo con ellos es importante. Estoy muy agradecida de poder ser su maestra."

"Bueno, Andria, Víctor, Massa y Zohal. Ha sido muy grato conversar con ustedes. Me tengo que despedir porque tengo que ir a trabajar. Como quizás sepan, tenemos cinco horas menos que ustedes en Boston, y ahora debo ir a enseñar a mis propios estudiantes. Pero estoy muy contento de haberlos conocido a todos. Creo que todos ustedes son muy afortunados de ser estudiantes de la Profesora Zafirakou. Ella es verdaderamente una maestra maravillosa, y hoy he aprendido mucho de ella. Espero que podamos hablar en otro momento."

"Eso nos gustaría mucho." Contesta Andria.

Fernando toca unas teclas en su ordenador y la pantalla se apaga.

Fernando y yo nos miramos a los ojos, sin poder hablar. Al cabo de un tiempo Fernando dice "Bueno, Filomena, esa sí que es una excelente maestra."

Estoy de acuerdo.

Preguntas para conversar

1 ¿Quién es Andria Zafirakou?

2 ¿Cómo conoció Fernando a Andria?

3 ¿Por qué quería Filomena conocer a Andria?

4 ¿Cómo pudieron Filomena y Andria comunicarse entre Boston y Londres?

5 ¿Por qué Massa, Víctor y Zohal se mudaron de los países donde nacieron y se fueron a vivir a Londres?

6 ¿Cómo crees que Massa, Víctor y Zohal se sintieron cuando llegaron a Londres y no sabían cómo hablar inglés?

7 ¿Cómo crees que otros estudiantes trataron a Massa, Víctor y Zohal cuando acababan de llegar a Londres?

8 Si hubieras estado en esa misma escuela, ¿cómo hubieras tratado a Massa, Víctor y Zohal? ¿Por qué?

9 ¿Qué les gusta a Massa, Víctor y Zohal de su profesora Andria Zafirakou?

10 ¿Qué piensan los padres de Massa, Víctor y Zohal sobre la profesora Zafirakou? ¿Por qué?

11 ¿Qué te gustaría decirle a Massa, Víctor y Zohal, si pudieras hablar con ellos?

12 ¿Qué te gustaría decirle a la Profesora Zafirakou?

13 ¿Conoces a alguna gente en tu comunidad que sea refugiada? ¿Sabes por qué dejaron sus países de origen?

14 ¿Cómo crees que las personas en tu comunidad deberían tratar a los refugiados? ¿Por qué?

Las Aventuras de Filomena

Una serie de libros para promover conversaciones entre generaciones sobre valores que sostengan un mundo incluyente. Disponibles en varios idiomas en papel, Kindle y audiolibros.

https://theadventuresoffilomena.squarespace.com/

En 'La Historia de Filomena', el primer libro de la serie, Filomena descubre que todos vemos el mundo desde una perspectiva, y que la observación es una herramienta poderosa para ayudarnos a comprender de qué manera los demás ven el mundo.

En 'Los Amigos de Filomena', el segundo libro de la serie, Filomena pasa muchos días en el jardín durante el verano con un grupo diverso de amigos que enriquecen su vida. Juntos descubren cuanto pueden lograr los amigos cuando colaboran.

En 'Las Estaciones de Filomena', el tercer libro de la serie, a medida que termina el verano, Filomena reflexiona sobre el paso de las estaciones, y descubre como marcan nuestras vidas. Al recordar a su amigo Invierno, se da cuenta de que a medida que pasamos tiempo con otros, se vuelven parte de nuestras vidas.

En 'Filomena y la Maestra', el cuarto libro en la serie, Filomena conoce a una maestra maravillosa, que enseña arte a estudiantes que, junto con sus familias, han salido de los países donde nacieron, porque no era seguro permanecer allí. Con su cariño, esta maestra les comunica a estos estudiantes que no son invisibles, que pertenecen, y aprende cuan especiales son estos estudiantes y sus familias, y cuanto aportan a la escuela.

Made in the USA
Columbia, SC
12 February 2019